청춘로맨스.

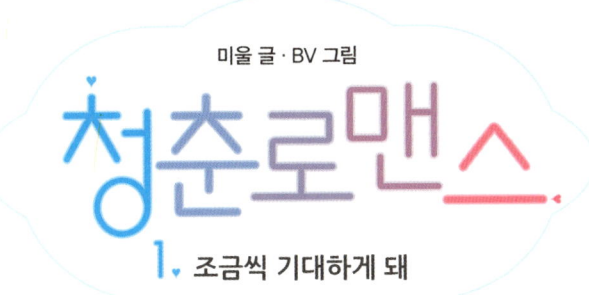

미울 글 · BV 그림

청춘로맨스

1. 조금씩 기대하게 돼

예담

작가의 말

미울

스토리 작가 미울입니다. 『청춘로맨스』를 단행본으로 낼 수 있게 되어 기쁩니다. 모두 독자님들의 응원 덕이라고 생각합니다. 더욱 공감 가는 청춘과 가슴 뛰는 로맨스를 만들도록 노력하겠습니다. 완결까지 너그럽게 지켜봐주세요. 곁에서 응원해주고 이름을 빌려준 친구들과 지인들에게도 감사를 표하는 바입니다. 모두 감사합니다.

BV

그림 작가 BV입니다. 미울 님의 매력적인 이야기들을 함께 꾸려간 지도 1년이 훌쩍 넘어
갔네요. 독자님들의 관심과 사랑 덕분에 행복한 시간들이었습니다. 단행본 준비를 하며
지난 작업을 되돌아보니, 뿌듯한 한편 더 잘할 수 있었을 텐데 하는 아쉬움도 들었습니
다. 앞으로는 훗날 다시 돌아봤을 때에도 스스로에게 아쉬움 없는 작품을 보여드릴 수 있
었으면 합니다. 독자님들의 사랑과 응원에도 보답할 수 있게 항상 노력하는 모습 보여드
리겠습니다. 앞으로의 이야기도 기대해주세요. 감사합니다.

등장인물 소개

오소민(24)

M대 CMD학과
4학년
148cm
7월 24일
O형
부모님, 오빠

유연태(20)

M대 CMD학과
1학년
185cm
7월 31일
O형
부모님, 형, 누나

박율미(23)

M대 CMD학과
3학년
167cm
5월 23일
B형
부모님, 여동생

정욱채(23)

M대 CMD학과
휴학 중
172cm
11월 20일
O형
어머니, 남동생

주혜리(23)

M대 CMD학과
3학년
160cm
3월 14일
O형
부모님

윤화운(26)

M대 CMD학과
4학년
182cm
12월 14일
AB형
부모님, 누나

정교진(37)

M대 디자인학부 교수
174cm
6월 30일
A형
부모님, 누나, 여동생

차례

♥
prologe

시작

하고 싶은 것도,
하고 싶지 않았던 것도

무척 많았던 날들

음...

역시 조금 큰가?

넣어 입자...

입고 싶은 옷을 마음대로 입고

흠…

괜히 3학년 수업을
신청했나…

그래도 4학년 막 학기니까
들어보고 싶은 수업은
들어봐야…

응?

갑자기 어디에서
달콤한 냄새가…

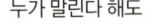
누가 말린다 해도

도전해볼 수 있는 일은
전부 해보고 싶고

그리고
정욱채 제 남자친구
아니거든요…?!

불안하기 짝이 없는

우리의 청춘.

♥
01

만나다

휴…

악!

팍!

이번 정거장은
M대 앞 삼거리

M대 앞 삼거리입니다.

으으~

다른 사람 팔꿈치로
머리 맞는 사람도 흔치는
않을 거야…

아야야

♥

02

사과하다

......

개강총회

나는 사랑하는 치은 이거들

아…
내가 왜 그랬지…

생각 없이 말하는 거
고쳐야 하는데…

으아아아

원래는 내가

화를 내야 하는 건가?
싶어서

약간 기분이 가라앉는다.

다음 수업에 결과물
발표 있으니까 준비
잘하고…

작년부터 준비한 졸작,
마무리가 중요하다는 거
잊지 말고.

아직 지치면 안 된다~
자 오늘 수업 끝. 밥 잘 먹어라.

웅성

어제 술 마셨다더니
멀쩡하네? 어제도 너만
살아남았다며?

감사합니다~

교수님도 식사
맛있게 하세요~

마시다 보니
그렇더라.
아, 그리고.

웅성

049

지금

예전 같은 용기가
나지 않는 건

Today's 소민

졸작 때문에 야작이 잦습니다.

다시 학교로 가서 오후 수업을 듣습니다.
식당에서 밥도 제대로 먹어요.

꾀죄죄한 상태로 아침 수업을 듣고

중간중간 지도 교수님과
취업 상담을 합니다.

공강 시간을 틈타 집에 다녀옵니다.
집은 걸어서 20분 정도.

포트폴리오 준비도 같이 하고 있습니다.
취업 준비는 어렵네요.

잠깐 눈을 붙이고 일어나 끼니를 때웁니다.

야작 다음 날은 피곤이 두 배.
오늘은 일찍 잡니다.

♥
03

각자의

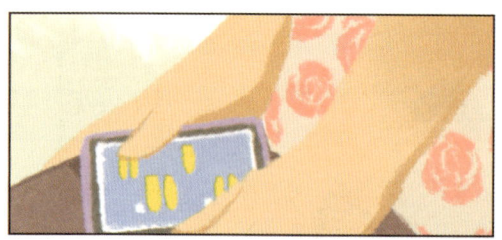

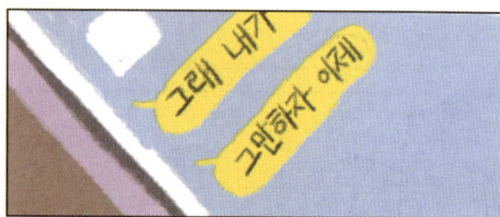

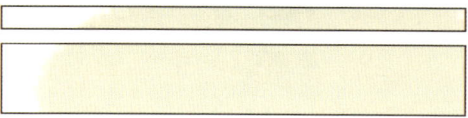

하… 그건 어느 나라 아이돌이냐?

쌘내는

마이아이

아하하 뭐야.

유연태 진짜 웃겨.

저 새끼 아주… 칭찬을 해주면 안 돼요.

투닥

투닥

오버한다 또.

아… 그러면

연태는 우리 과에 마음에 드는 애 없어?

?

우리 과에 예쁜 애들 많지.

꿈지락

에이, 그 말이 아니잖아.

아니, 그… 너는 친한 여자애들도 많잖아.

근데 왜 여자친구는 없나… 해서…

흐음…

유연태 너…

그러다가 큰일난다.

응?

Today's 연태

일어납니다. 엄마 도움 없이 혼자 일어나는 버릇을 들이려고 노력 중입니다.

하루에 두 개 정도의 수업을 듣습니다. 일주일 중 하루 공강이 있어요.

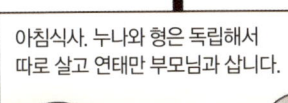

아침식사. 누나와 형은 독립해서 따로 살고 연태만 부모님과 삽니다.

저녁은 친구들과 밖에서 먹습니다. 엄마 아빠 모두 늦게 퇴근하셔서.

머리 만지고 옷 고르는 데 꽤 오래 걸립니다. (전날 생각해두긴 하는데 항상 마음이 바뀌어서)

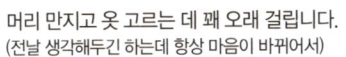

과제를 합니다.

학교로 출발. 집에서 학교까지 버스로 10분 정도 걸립니다.

했다는 것에 의의를 두고 잡니다.

♥
04

재회와 재회

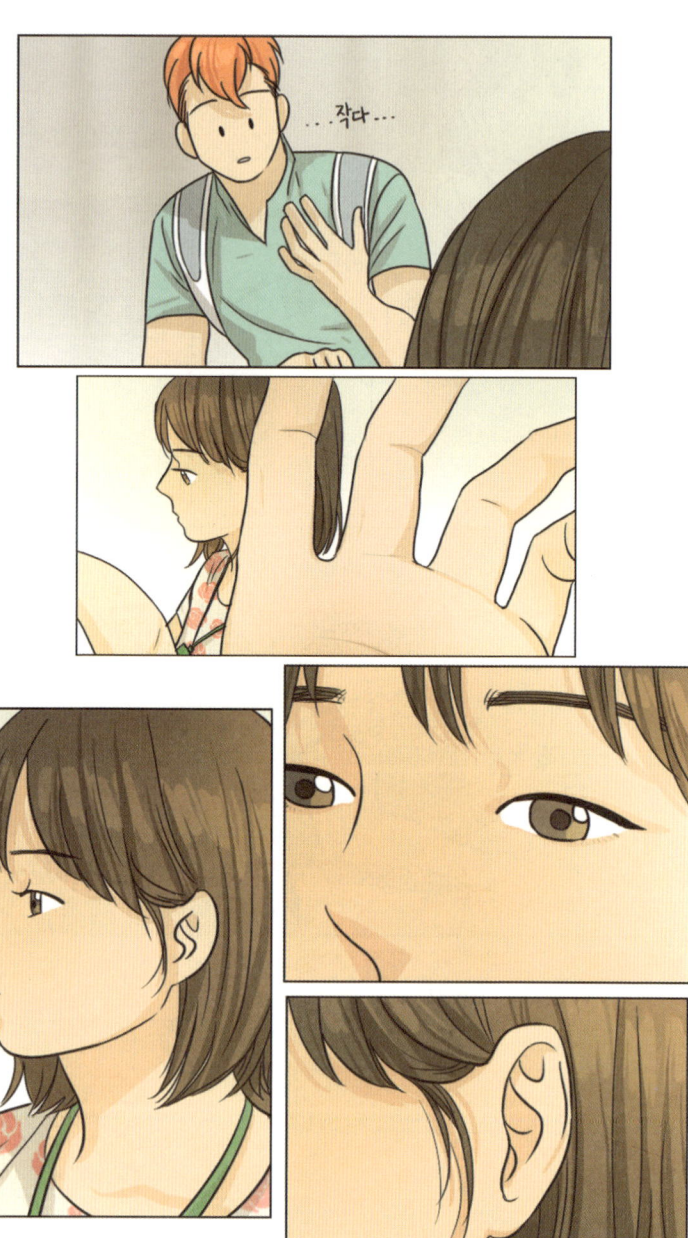

...작다...

야야, 저 여자 예쁘지 않냐.

몇 학년이지?

헉! 다 들렸나?

뭐… 뭐뭐야.
지금 우리한테
인사한 거 맞지?

그그그런 것
같은데…

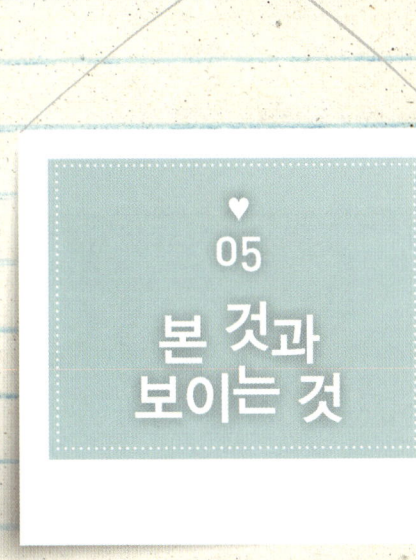

05

본 것과
보이는 것

바람이나 쐬러 나갈까…

아…

농담을 농담으로
받아들이지도
못하고…

이상한 데서 순진하고
눈치도 없고…

뭐, 내가
틀린 말 했냐?

야, 박율미!

그럼 내 이미지가
뭐가 돼…

어유, 언제부터
이미지 챙겼다고.

여기요.

응!

이것들 중에서는 이걸 참고하면 될 것 같아.

자료 딱 맞는 거 가져왔네.

달칵

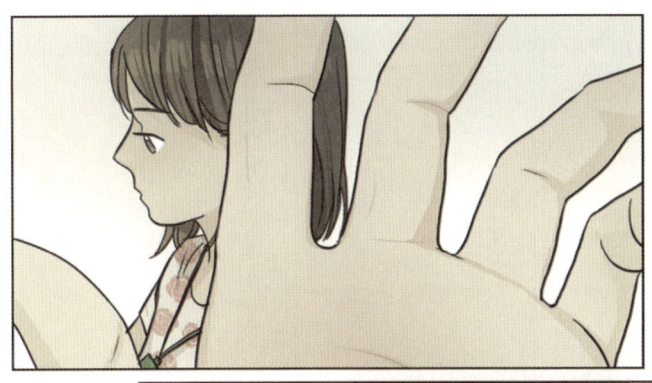

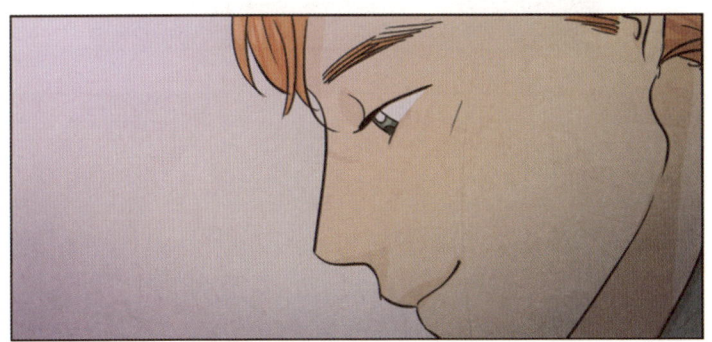

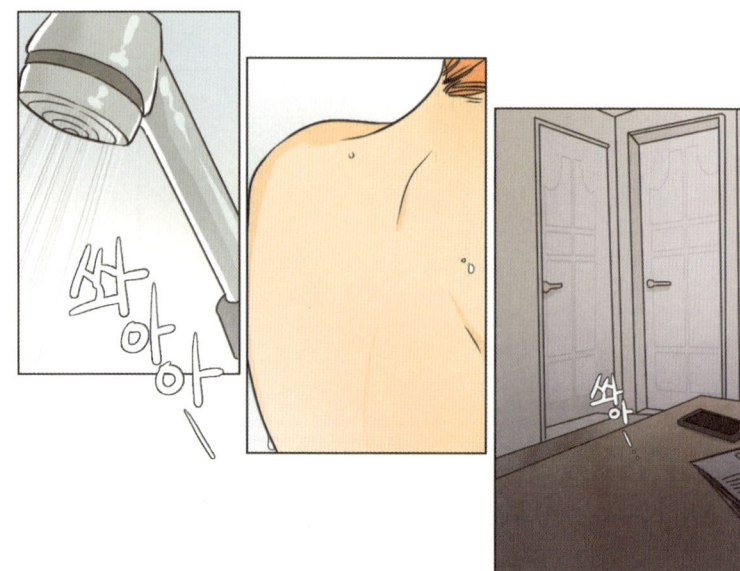

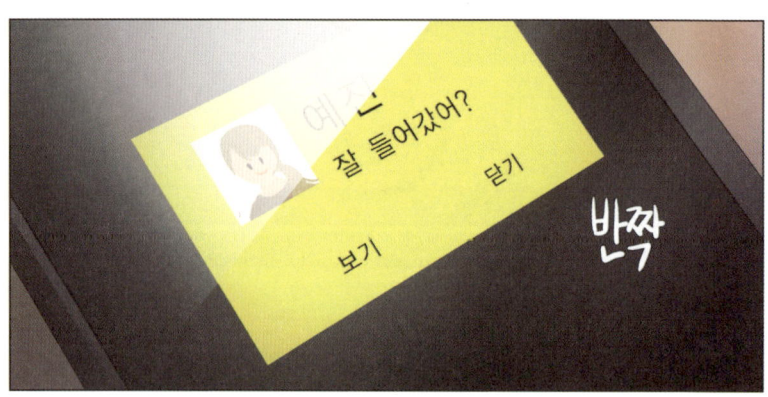

♥
06

자개자락

아. 저기 있네.

끙...
손이 안 닿아.

아.

스으윽

네,
이 책 맞아요.

감사합니다.

빠안

후응..

이런 책
어렵지 않아?

철학이
피요...

네!? 아…

네… 어려워요.
그래도…

읽으면서 다
이해되는 건 아니지만

아, 이걸 이렇게
생각할 수도 있구나

?

저렇게 볼 수도
있구나… 하고…

음… 그냥…

아… 막

친구들이 물어보면
나름 막 자신감 있게
대답했는데…

선배님이 물어보니까
말하기가 왠지
창피하네요… 으으…

쑥

에이, 뭐가 창피해.
좋은 거지.

ㅋㅋㅋ

감사…

소민아!

어.

126

대선배!!!

두

웅!!!

애 맞다.

앗, 넵.

맞아, 선배도 전에
근로학생이었다고 했죠?

응.

이쪽은 1학년이에요.
유연태라고…

안녕해! 아아아…

칵

아자!

…십니까. XX학번
유연태입니다…

반갑다.
4학년 윤화운이다.

꾸벅

멍ㅇ세게

일나가 일어나
나 뭐하는 사람
ㅋㅋㅋ

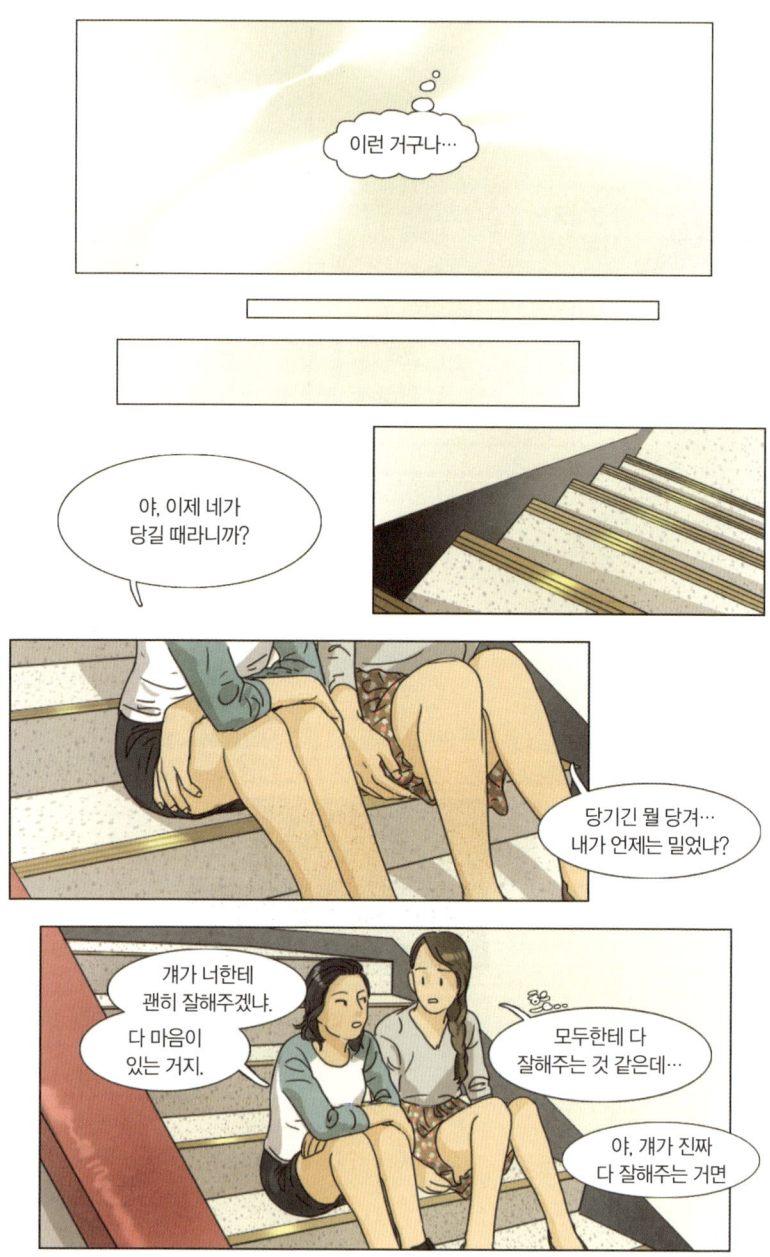

♥
07

가랑비에

연태야.

엇, 예진아 안녕.

응… 저기

너한테 할 말 있는데… 오늘 시간 되니?

할 말?

뭔데? 나 곧 수업 들어가야 하는데…

아… 여기에서 하기엔 조금…

으그그~

짝우욱

으아…
이제 이 프로젝트도
드디어 끝이구나.

지쳤다 지쳤어.

으쓰~

다음 달 발표만
통과되면 진짜 끝이야.

그러게…
너희 둘 다
수고 많았다.

?

그런데…

스윽

으아아아아아으아으애!!!!!

:(

Your computer will not be able to behave.
We try to do my best anyway. But I'm not not help.
Pity
Haha I'm so sorry

렌더링 또 멈췄어!
아오 이걸 죽여 살려!!!

괴롭다…

몇 번만 더
하면 될 거야…

나 잠깐만.

확장자를
바꿔볼까요?

글쎄… 혹시 모르니
다른 컴퓨터에서
해볼까…

까똑!

진짜 드디어다
드디어.

오!

다음 주에
졸사 찍는대!

그래? 이야…
드디어…

보통은
봄에 찍는데.

아~ 유연태 드디어 여친 생기나~

흠

그러게… 어쩐지 둘이 요즘 분위기 좋더라!

…그런데

지금이니까 말하는 거지만…

유연태 걔

주변 여자애들한테 다 매너 좋고 잘해주고 그러잖아.

아, 저도 같이 조 과제 해본 적 있는데

저한테도 그렇고 다른 애들한테도 되게 잘해줬어요.

다른 과 친구도 걔 이름은 모르는데 얼굴은 알더라. ㅋㅋ

짐 들고 있을 때 도와주고 그랬대.

솔직히 요즘에 그런 남자애들 별로 없잖아.

그래서 좀… 어장 같아 보였어, 난.

아 맞다… 나도 좀 그런 생각 했었어.

에… 에이~

설레

설레

설마요, 언니…

이제 예진이랑 잘될 테니 예진이가 단속하겠죠.

어!

우우웅

우우웅

진동

스읍

예진이다! 얘기 끝났나봐.

으아~ 빨리 받아봐!

여보세요?

웅?

뭐라고?

잘 안 들려…

너 지금 울어?

♥
08
옷 젖는 줄
모른다

우리 사귈래?

처음 머릿속에 뜬 것은

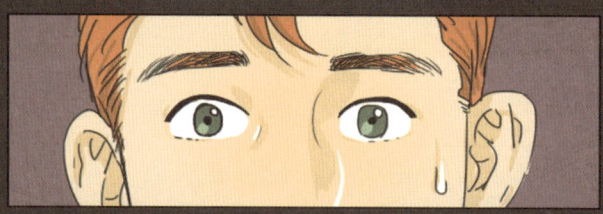

물음표였다.

156

네가 너무 큰 상처를
받을 것 같아서…

…미안…

푸
윽

그저
사과하는 수밖에 없었다.

......

너 그러다가 일 난다.

흘리고 다니지 말란 말이야.

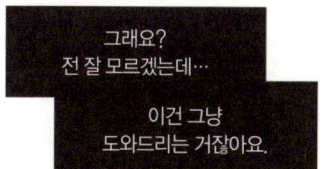
그래요?
전 잘 모르겠는데…

이건 그냥
도와드리는 거잖아요.

음…
남들 눈엔 어떻게 보일지
모르는 거지.

미안해서 죽을 것 같다…

167

♥
09

앞으로

따~

깜짝

엇!

악

어…

아, 안녕 예진아.

안녕.

휘

타다닷

야.

야~ 유연태
과제 했냐?

아…

뭐 해? 앉아라,
과제 좀 보게.

177

결국 그날

예진은 수업에 들어오지 않았다.

지갑 오케이.

위시리스트 오케이.

그리고…

선배님!

조력자 OK!!!

안녕 헤리야.

네, 안녕하세요.

아냐.
딱 30분인데?

저, 제가 늦었나요?
죄송해요.

내가 빨리 온 거지.

그리고 언니라고
불러도 돼.

말도 놔도 되는데.

아…

나 불편해 …?

네?

아…

뀨잉…

아, 아니에요.
아니에요.

그… 그럼 언니라고
부를게요.

헤헤헹

응. 흐흐~
편하게 불러.

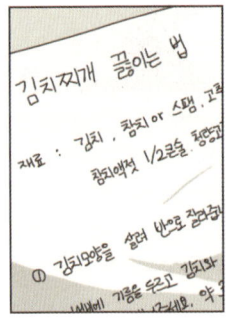

…왜 말
안 해줬냐.

깜짝

뭘.

예진이…

알고 있었지, 너.

그래서 그때 나한테
그런 말 했던 거지…

…야.

……

휴…

그럼 내가 거기서
뭐라고 그러냐.

네가 하도 매너가 좋아서
최예진이 널
좋아하는 것 같다,

곧 고백할 텐데
여자애들 기운이
심상치 않으니

웬만하면 받아줘라.
아님 확 차버려라.
그러냐?

애초에
내가 왈가왈부할
일이 아니잖냐.

그리고 솔직히 네가
특이했던 거야.

어떻게 사람이
다 친하게 친하게
적 없이 사냐.

……

그럼 괜찮아질 거다.
쫌만 버텨라.

시간이 약이라는
말이 괜히 있겠냐.

정교진(30대 후반
자유로운 영혼)

♥
10

각개전투

나 나갈게~

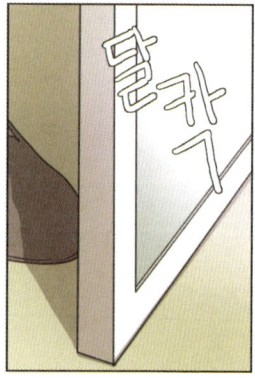

......

으음…

이… 이것도 아웃?

네…

톡

보통 졸업사진은
흰색 상의에 검은 치마를
많이 입더라고요.

아니면
단정한 재킷이나…

깔끔한 게
최고라고들…

뭐가 문제일까…

으음…

근데 음…

근데
언제 봐도

아. 아…
네.

어…

필통 안이 항상
참 깔끔하다.

연필도 바짝바짝
깎여 있고.

버릇…이에요.
고쳐야 하는데…

별로 보기
안 좋죠?

응?
정리해놓는 게
왜?

좋은 거
아니야?

아…

신경 쓰고 있는
부분인가봐…

더 물어보지
말아야겠다.

까똑!

속

옷 다 골랐어? 아직 다 골랐음 안돼 나 가고이 쑤ㅜㅜㅜㅜ 3:42

바귤

지금 백화점 들어옴ㅇ 3:42

까똑!

달싹

까똑!

지금 백화점 들어옴

거의 다 골랐어. 언니 갈아입고 있으셔 3:42

까똑!

바귤

아놔 정육채 이느므시끼 왜 하필 오늘 책을 빌려 달라는겨 3:4

바귤
아놔 정육채 이느므시
왜 하필 오늘 책을 빌려
달라는겨

까똑!

바귤

어튼 나 지금 가고있다 어댜 3:43

여기 2층 BVMI! 3:43

달싹

205

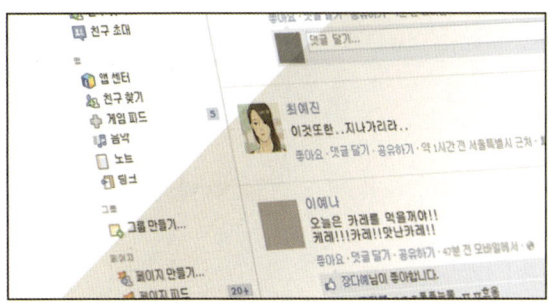

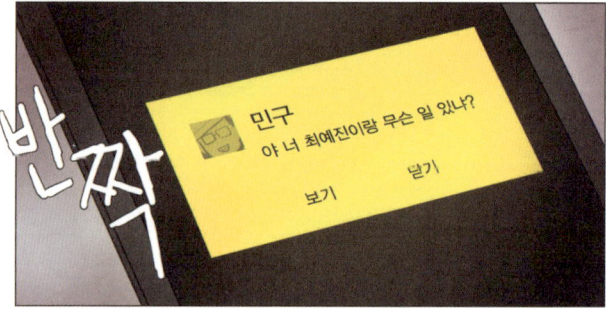

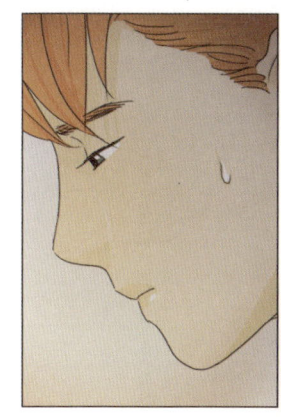

턱

11

어서 오세요

철컥

수

털썩

아이고
집이다...

헤리야, 고마워.

덕분에 예쁜 거로
잘 산 것 같아.

아니에요.
저도 기분전환
돼서 좋았어요.

하… 졸업사진
찍는 날 언니 사진 막
찍어야겠어요.

아까지
레볼피앙이
있었더라면
않아
…!

내 메모리에
영원히 남길 거야.

근데 오늘 쇼핑은
다 한 거야?

구두?

앗. 그러네.

언니, 구두는 있어요?

전신은
안 찍지 않나?

구두는 안 사도
될 것 같아.

음… 그런가.

저… 언니.

응?

나에게 예쁜 구두를
한 컬레 골라주었다.

철컹

쑥
!

헤..

준비를 해야겠구만.

♥
12
예쁜마음
상담소입니다

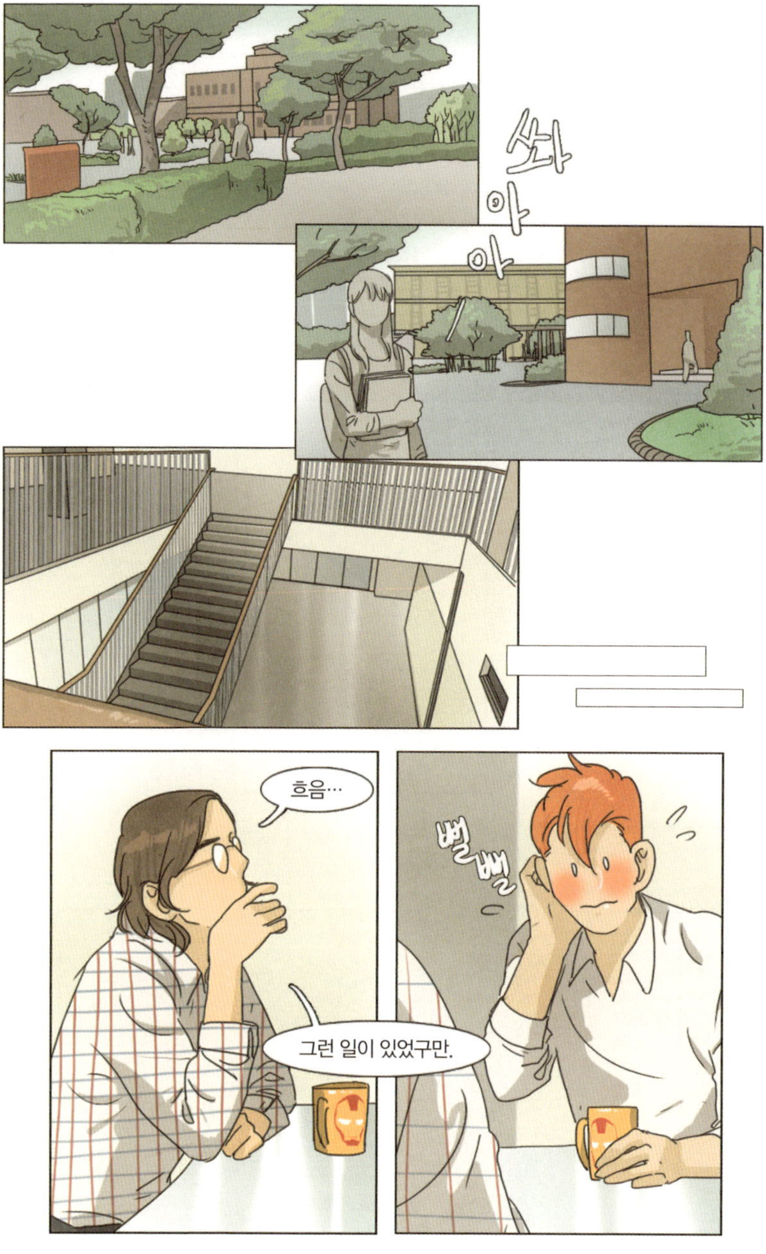

솨
아
아
흐음…
삘삘
그런 일이 있었구만.

그런데 246회나
되었어요?

그것도 뻥인데.

......

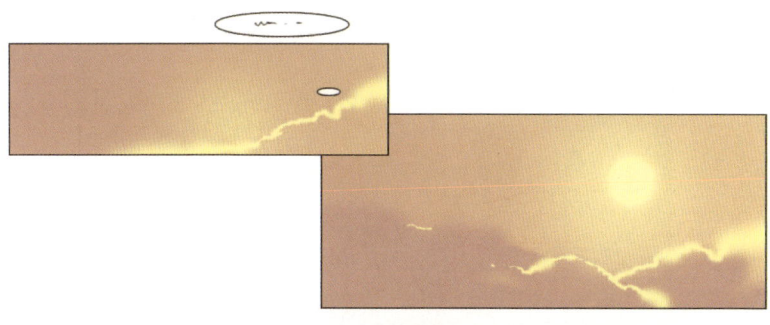

야, 그래서
뭘 한다는 거야.

결국 그걸로
가는 거야?

왜? 싫어?
대박일 것 같은데.

ㅋㅋㅋ
ㅋㅋㅋ

쪽팔린다고~
으아아아아~

아,

깔깔

아, 미치겠다.
크크크.

새끼

난 이만 가야겠다.

언제부터 이런 거
쪽팔려했다고…
너희에겐 이미
선택권이 없어!

스윽

옹. 잘 가.

응응. 먼저 갈게.

따
악

아…

13

답답함

박율미, 주혜리 조

중간발표
시작하겠습니다.

가웃

흐음...

비적

덜커덩

텅

자, 이거 마셔.

?

감사합니다.

따끈

벌꿀유자

따끈

학교 자판기에
이런 것도 있었네요.

ㅋㅋ

매일 콜라나
커피만 마시지?

헤헤헷~

이거 맛있어.

달고 따뜻해서
속 아프고 피곤할 때
딱이야.

홀짝

…맛있네요.

251

첫 단추를
잘못 끼웠으면

그냥 다 풀었다가
다시 잘 끼우면 되지.

잘못 끼웠다고
단추들이 다 없어지는 건
아니잖아.

…왠지 멋있네요,
교수님.

그치?

아하하...

가끔 교수님이
멋있어 보이는 말을
하실 때가 있어.

드물게 말야.

단추를
다시 끼운다…라.

타닷~

찌릿

그건 나에게도
해당되는 말인 것 같아.

슬슬 일어날까?

아, 네.

앗!

그러면..

저기, 남자친구…
지금은 없으세요?

어?

응. 없는데.

아…

끄덕

끄덕

끄덕

?

야, 근데 주혜리네
조 중간점검…

주혜리가 완전
업혀가던데?

티가 나도
너무 나더라.

찌찌..

움찔

주혜리가 원래
좀 못 그리니까…
숨기는 거겠지.

율미가 불쌍하지.
주혜리 먹여 살리느라.

거의 다 박율미
그림이더만.

아니 근데 아무리
그래도 조 작업인데
주혜리가
한 건 뭐래?

그 외 모든 걸
했다고 하겠지.

저대로 중간
프로젝트 완성하려나.

박율미 짠하다.

나 만약 기말 때
주혜리랑 조 되면

교수님한테 당장
바꿔달라고 할 듯.

나도…

선배?

왜 그러세요?

어?

타닷

헐끔

아니…

수

아니야, 가자.

헤리야.

음…
지금이라도…

아냐.
난 지금이 좋아.

Today's 교진

정신 차리는 데 오래 걸립니다.

3시간-3시간 연강이 목요일에 있어서
목요일을 제일 싫어합니다. 배고파요.

샤워하고 커피 마시며 잠을 깹니다.
그리고 오늘 수업 내용 확인.

다른 교수님들과 함께 식사합니다.
학생 이야기도 하지만 보통은 업계 이야기.

학교까지는 차로 30분 정도 걸립니다.
막히면 짜증 냅니다.

내일 수업 준비, 혹은 작업을 학교에서
마저 합니다. (집에서 일하기 싫어서)

수업합니다. 하루 보통 한두 개의
수업을 합니다.

오늘은 약속이 있어서 일찍 퇴근.

♡
14

조심해

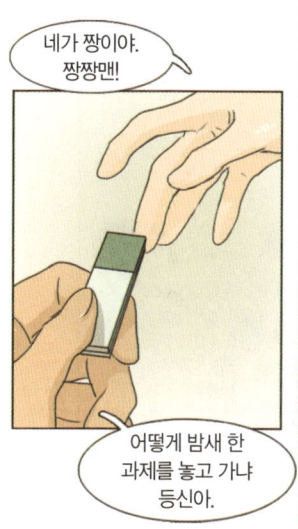

네가 짱이야. 짱짱맨!

어떻게 밤새 한 과제를 놓고 가냐 등신아.

정신이 있는겨 없는겨.

작꿰 작꿰~

너 때문에 가게에서 오토바이 빌려왔잖아.

아, 그러게. 헤헤 헤헷~

하여간... 나 간다.

잉, 밥이라도 먹고가지..

인재 시간 없어

아!

야, 근데 이거 누가 찾아줬어?

우리 엄마 오늘 모임 간다고 하셨는데.

네 동생 있던데? 오늘 개교기념일이래.

졸업사진 찍는 날!

살았다~
오늘까지 제출인데.

쟤가
정욱채…지?

응. 너 쟤랑
한 번도 얘기
안 해봤댔나?

쟤가 좀
뜨문뜨문 다니다가
군대 가버리긴 했어.

내년에 복학한대?

글쎄, 얘기
안 해봤는데.

친하다며?

응? 응.

♥
15

기대해

아.

연태도!

네!

16

조금씩,
크게

잠깐만 보고 가자.

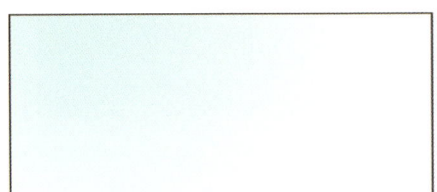

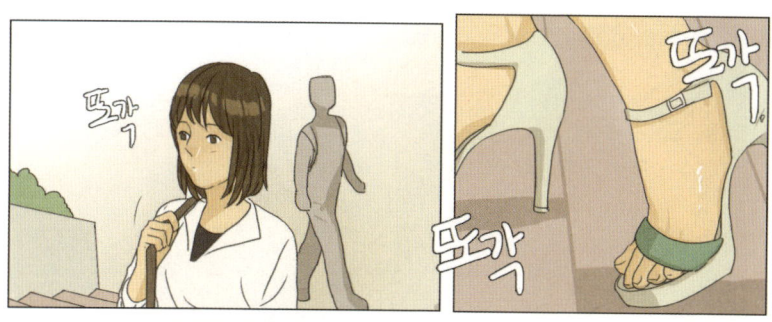

진짜
사버렸어.

게다가 학교에
신고 와버렸어.

굽이 너무 높나?

헤리가
골라준 거랑 높이는
비슷한데…

이게 좀 더
불편한 것 같기도…

웬일로
구두를 다 사?

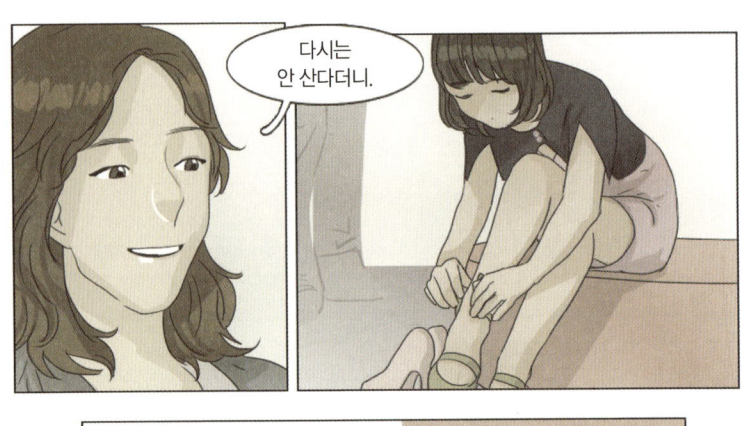

다시는 안 산다더니.

이번 기회로 용기 낸 거야?

끼익

용기라…

그런 애가 아니란 걸
알고 있는데.

좋은 면을 훨씬 더 많이 알고 있는데.

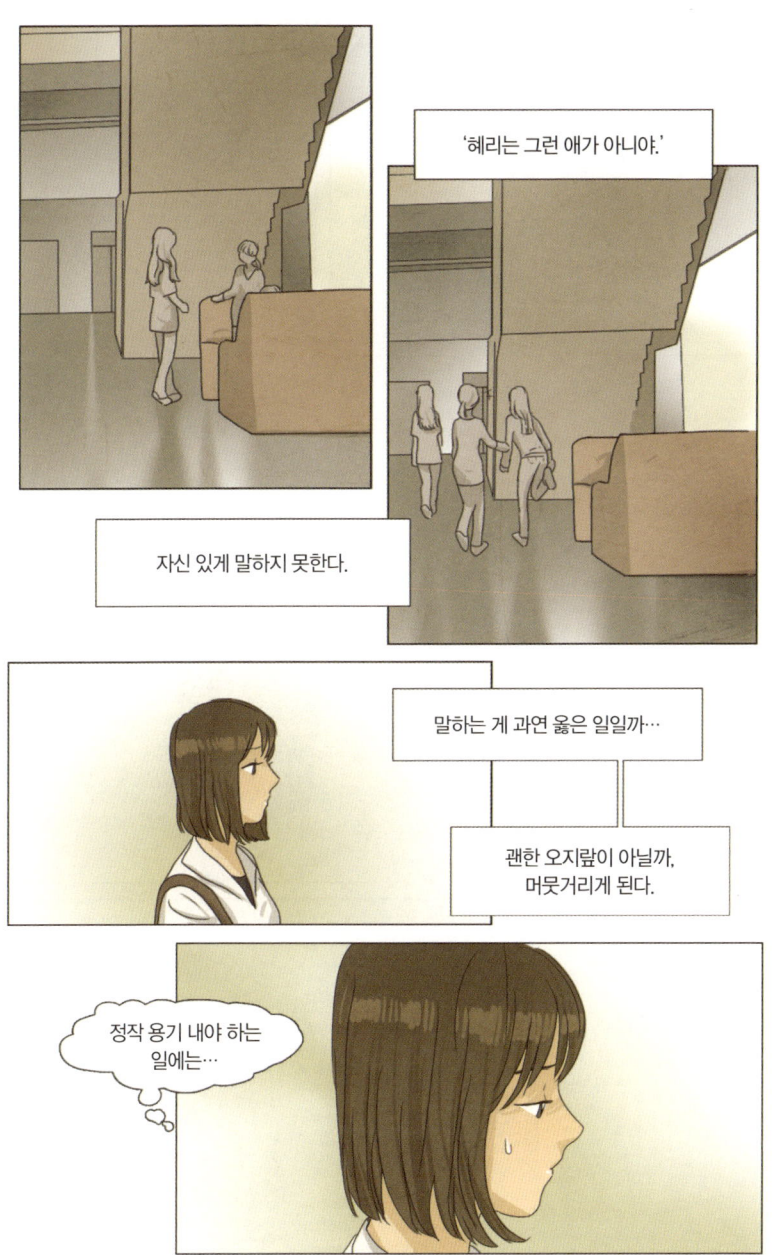

'혜리는 그런 애가 아니야.'

자신 있게 말하지 못한다.

말하는 게 과연 옳은 일일까…

괜한 오지랖이 아닐까.
머뭇거리게 된다.

정작 용기 내야 하는
일에는…

♥

외전

또 다른
첫 만남

2권에서 만나요~ ♥

1. 조금씩 기대하게 돼

초판 1쇄 발행 2014년 8월 10일
초판 2쇄 발행 2014년 8월 30일

글 미울 **그림** BV
펴낸이 연준혁

출판 7분사 분사장 김은주
편집 최유연 **디자인** 김준영
제작 이재승

펴낸곳 (주)위즈덤하우스 **출판등록** 2000년 5월 23일 제13-1071호
주소 경기도 고양시 일산동구 정발산로 43-20 센트럴프라자 6층
전화 031)936-4000 **팩스** 031)903-3891
홈페이지 www.wisdomhouse.co.kr
종이 월드페이퍼 **인쇄·제본** (주)현문 **후가공** 이지앤비

ISBN 978-89-5913-819-7 17810
ISBN 978-89-5913-821-0 (SET)
값 11,000원

＊잘못된 책은 바꿔드립니다.
＊이 책의 전부 또는 일부 내용을 재사용하려면 반드시 사전에
　저작권자와 (주)위즈덤하우스의 동의를 받아야 합니다.